TEXTE : GILBERT DELAHAYE
IMAGES : MARCEL MARLIER

martine
fête maman

casterman

Bientôt ce sera la fête des mères.
A cette occasion, Martine et Jean aimeraient faire une surprise à maman.
Une surprise pour de vrai.
— Je crois qu'une jolie montre lui ferait plaisir.
— Tu n'y penses pas ! Avec quoi la paierons-nous ?
— Voyons ce qu'il y a dans la tirelire ?... Elle n'est pas bien lourde !

— Nous n'aurons jamais assez d'argent. Ça coûte cher, une montre.
Mieux vaudrait offrir un disque. Voilà le cadeau idéal! Allons chez le disquaire.
— Voulez-vous écouter ceci? demande la vendeuse. C'est très beau. Ce sont des chansons.
— D'accord, répond Martine.
— Moi, dit Jean, je préfère le jazz et le rock!
La musique, c'est compliqué. On ne sait pas ce que maman aime au juste. Cherchons autre chose...

Une bague ou un collier feraient sûrement plaisir à maman, songe Martine...
Ce serait chic !... Elle pourrait les porter les jours de fête.
Un parapluie serait bien utile, non ?

Mais voilà, on n'est pas assez riche. Alors ?

— Ce qui compte, a dit papa, c'est l'intention. Donnez-vous donc un peu de peine. Je suis certain que vous trouverez chez grand-mère tout ce qu'il faut pour fabriquer vous-mêmes un cadeau.

Papa avait raison.

Et voilà tout le monde parti chez grand-mère!
— Regarde ce que j'ai découvert dans ce tiroir, dit Françoise, la cousine de Martine : un canevas, des pelotes de laine de toutes les couleurs...
— Pour quoi faire? demande Martine.
— Je commence une tapisserie... Ce sera long, mais j'y arriverai pour la fête des mères... Et toi, Martine, que vas-tu offrir à ta maman?
— J'ai une idée... Si on dessinait un batik?

— Un batik, qu'est-ce que c'est? demande Jean.
— C'est une sorte de tissu décoré... Pour cela, il faut un carré de toile, de la cire, de la teinture.
— De la cire?... on n'en a pas!
— Mais si, voilà des bougies. Nous les ferons fondre.
— Et la toile?... Et la couleur?
Vous savez, dans le grenier de grand-père, on finit toujours par trouver ce dont on a besoin... à condition, bien entendu, que grand-mère soit d'accord!

Mais oui, grand-mère veut bien :
— Mes enfants, voilà un joli canevas que j'ai conservé du temps où je faisais de la dentelle. Prenez-le. Vous n'aurez qu'à suivre le dessin...
Elle a même donné un petit entonnoir pour y verser la cire fondue. C'est pratique, n'est-ce pas ?
Et maintenant, au travail... Tendons la toile avec des punaises, sur un cadre de bois. Il ne faut pas qu'elle bouge.
— Que vont-ils faire ? demande Patapouf.
— Tu le vois bien ! répond Moustache. Ils dessinent avec de la cire.
— Qu'est-ce qu'ils dessinent ?
— Je ne sais pas : un dragon ? des poissons exotiques ?

— Et après?
— Après, ils vont tremper la toile dans la teinture. C'est pour colorier le dessin aux endroits où il n'y a pas de cire.
— Pourquoi recommencent-ils plusieurs fois?
— Il faut tremper une fois par couleur.
La teinture, ça tache, attention! Ça se vend chez le droguiste, mais grand-père a retrouvé quelques échantillons de couleurs dans une boîte en fer.
— Tu crois que le dessin sera réussi?
— Nous allons voir...

Il ne reste plus qu'à dissoudre dans l'eau chaude la cire appliquée sur la toile et le travail sera terminé. On retire le batik du chaudron avec précaution...
Le résultat? Le voilà.
— Ce dessin ne me plaît pas, souffle Moustache. On dirait un oiseau en fleurs.
— Tant pis pour toi! Moi, je trouve ça très bien.

Grand-père a suivi l'opération avec attention et donné quelques conseils.
Avec les enfants, il est tout heureux de la réussite :
— Bravo ! Bravo ! dit-il. Mais il faudra retoucher un peu votre dessin, là... et pensez donc à repasser la toile. Quel beau cadeau ce sera pour la fête des mères !
Il réfléchit :
— Prenez aussi ce vieux coucou. Il était dans le grenier... Tu sais, Martine, nous l'avions dans notre salle à manger quand ta maman était encore une petite fille. Tu le lui donneras.

— Un coucou, à quoi ça sert ? demande Patapouf.
— À sonner les heures. La petite maison qui abrite le coucou est une pendule.
— Est-ce qu'on peut l'écouter, grand-père ?
— Nous allons l'essayer...

Il faut mettre une goutte d'huile dans les engrenages et resserrer cette vis.
— Coucou... coucou... coucou...
— Ça marche, les enfants, ça marche !

— Comment allez-vous emporter le coucou à la maison sans que maman s'en aperçoive ? demande grand-mère. Si vous la mettez au courant, cela ne sera plus une surprise.
— Pardi, cachez-le dans ce chaudron, dit grand-père.
— Un chaudron !... quelle idée !
— Mais si, mais si. Vous verrez, ça ira très bien.

— Et puis, il est tout sale, ce chaudron !
— Eh bien, nettoyez-le ! C'est du cuivre. Ça brille.
Justement la maman de Martine est partie en ville.
— Profitez-en pour rentrer chez vous, dit grand-père.
On se met en route...
— Et merci pour le coucou !
En chemin, on rencontre le fils du fermier :
— Là-dedans, qu'est-ce que c'est ?
— On ne peut pas le dire... C'est une surprise pour quelqu'un, répond Patapouf.

Martine et Jean arrivent à la maison... Mieux vaut cacher le coucou dans la remise et fermer la porte à clef. Le secret sera bien gardé...
Qui pourrait entrer là-dedans? Personne, bien sûr. Mais avec le chat Moustache, on doit s'attendre au pire.
Il a tout vu (c'est un petit curieux). La nuit venue, il se glisse dans la remise par la lucarne.
— Ce coucou ne m'échappera pas, se dit Moustache.
Et il se met à l'affût.
— Coucou, es-tu là?... Réponds-moi!
Le coucou fait la sourde oreille. La nuit est longue. Le chat, s'il le faut, attendra jusqu'à demain.
... Enfin, le matin arrive.

— Coucou!... Coucou!... Le jour se lève, chante soudain l'oiseau à la pendule, sortant de son trou. Moustache veut se jeter sur lui.

Décidément ce coucou-là n'est pas un coucou comme les autres!
Qu'est-ce que c'est que ça? Un oiseau mécanique? Une boîte à surprise?...
Couic, un ressort se referme et le chat se fait pincer la patte.
— Au secours!... Au secours!...
Il s'enfuit à toute allure.
— Eh bien, Moustache! Que se passe-t-il? demande maman.
— C'est à cause du coucou dans la remise.

— Un coucou dans la remise?... Qu'est-ce que c'est encore que cette histoire?
Maman essaie d'ouvrir la porte :
— Tiens, qui a fermé cette porte à clef? C'est nouveau ça... Martine!... Jean!...
On accourt... Pourvu que maman...
— On a enfermé les outils du jardin et on a perdu la clef, dit Martine en rougissant.
(Est-ce bien la vérité? Non. Mais ce n'est pas tout à fait un mensonge puisqu'il s'agit de préparer une surprise à maman.)
Bien entendu, maman n'est pas dupe...

Elle a deviné qu'il se trame quelque chose.
Papa essaie de détourner son attention. Une longue semaine passe...
Enfin, voici le jour attendu avec impatience.
C'est le moment d'acheter deux bouquets sur la place du marché (un pour maman... un pour grand-mère).

La famille est réunie pour fêter maman :
— Ce batik, nous l'avons fait exprès pour toi, explique Martine... tout émue.
— Un batik ? Quelle jolie surprise !
— Tu sais, grand-mère nous a vraiment aidés. Grand-père aussi... Ça n'a pas été facile.
Et voici le coucou de bon-papa.
— Le coucou de bon-papa ?
— Oui, dans ce joli paquet... Tu verras...
— Chère Maman, je t'embrasse très fort, dit Jean. Nous te souhaitons beaucoup de bonheur. Tu es une chic maman. Nous t'offrons ces fleurs que tu aimes tant.

— Merci, mes enfants. Cela me plaît beaucoup, beaucoup, puisque vous y avez mis tout votre cœur... Et ce coucou, c'est merveilleux! Il sonnait l'heure quand j'habitais chez grand-père. Quel plaisir vous me faites!
— Coucou, coucou, c'est midi.
— Il chante encore!... Est-ce possible?
Tout le monde est content. Les fleurs s'épanouissent. Le serin siffle. A la maison, c'est la fête.

Imprimé en Belgique par Casterman, s.a., Tournai, avril 1987. N° édit.-impr. 4599. Dépôt légal : octobre 1982 ; D. 1985 0053 254.
Déposé au Ministère de la Justice, Paris (loi n° 49.956 du 16 juillet 1949 sur les publications destinées à la jeunesse).